Abenteuergeschichten

8 tolle Geschichten für Kids ab 8 Jahren

www.bennyblu.de

Inhalt

Kinderleicht Wissen Verlag

Liebe Leser,

© ZDF/Stefan Menne

es gibt für mich nichts Aufregenderes, als an geheimnisvolle Plätze zu reisen. An Orte, an denen noch nicht viele Menschen waren. Es gibt solche geheimnisvollen Plätze im hohen Norden von Grönland. Dort ist es im Winter so kalt, dass die Jäger auf ihren Hundeschlitten immer einen speziellen kleinen Ofen dabei haben, um sich die Hände zu wärmen. Es gibt solche Orte im Herzen von Afrika, und ich habe dort faszinierende Menschen getroffen. Zum Beispiel solche mit riesigen Löchern in den Ohrläppchen, so groß, dass sie ihre Dose mit Schnupftabak in diese Löcher stecken, um sie dort aufzubewahren. Das ist nicht nur sehr praktisch, es sieht auch noch sehr gut aus.

Aber wisst Ihr, welche Reisen die allerschönsten waren? Es waren die Reisen, die ich als kleiner Junge in meinen ersten Büchern gemacht habe, mit einer Taschenlampe, unter der Bettdecke. Ich habe bunte Traumländer gesehen, ich war in geheimer Mission unterwegs, ich habe im Wilden Westen Helden und Halunken getroffen, ich hatte Gänsehaut, ich habe gelacht und geweint. Es ist wunderschön, mit einem spannenden Buch auf eine Reise durch die Welt der Fantasie zu gehen. Und das Beste ist: Jeder kann das machen! Denn für eine aufregende Reise durch die Fantasie müsst Ihr nicht einmal ins Reisebüro. Ihr könnt sie sofort buchen, sie kostet nichts. Und daran wird sich auch nie etwas ändern!

Viel Spaß beim Schmökern wünscht Euch Euer

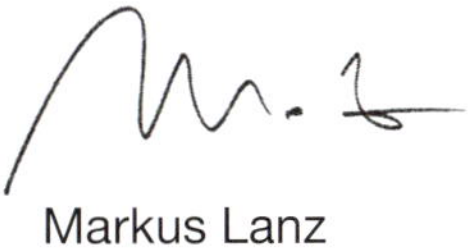

Markus Lanz

Markus Lanz spendet einen Teil des Erlöses dieses Buches an die **Projekthilfe Dritte Welt e.V.**, die Entwicklungshilfe in den armen Regionen unserer Welt leistet. Wollt auch Ihr dieses Projekt unterstützen?

Die **Projekthilfe Dritte Welt e.V.** freut sich über Eure Hilfe! Mehr Informationen bekommt Ihr unter www.buschklinik.de.

Ein echter Quäl-Geist

Eine Geschichte von Robert Stauber
mit Bildern von Frithjof Spangenberg

Endlich ist es so weit: Wandertag! Alle Schüler der Klasse 4b freuen sich schon seit Wochen darauf. Das Ziel ihres Busausfluges: eine alte Ritterburg.

„Man sagt, es soll spuken auf Burg Schwarzenstein!“, raunt Olli mit gedämpfter Stimme. Er und seine Freunde Paula, Özlem, Magnus und Daniel haben wie immer die begehrtesten Plätze ganz hinten im Bus ergattert.

„Ach komm, Olli, hör auf! Es gibt keine Geister. Das weiß doch jeder!“, erwidert Paula.

„Oh doch. Dort gibt es Geister“, behauptet Olli felsenfest. „Zumindest einen. Mein Opa hat mir erzählt, dass der frühere Burgherr, Ritter Aribert, dort noch immer herumspuken soll!“

Jetzt ist Magnus allmählich genervt: „Olli, hör auf mit den blöden Geschichten. Wenn du …“

Da wird er plötzlich von ihrer Klassenlehrerin, Frau Weiß, unterbrochen: „Kinder, bitte macht euch bereit. Wir sind da! Das letzte Stück gehen wir zu Fuß!“

Die Klasse steigt aus dem Bus und alle schauen beeindruckt hinauf zur Burg. Das alte Gemäuer thront hoch oben auf einem Felsen.

„Mann, ist die riesig! Schaut euch nur die hohen Mauern an!“, geht es wild durcheinander.

Die Kinder machen sich an den Aufstieg zum Burgtor.

Da fängt Olli wieder an: „Man erzählt, dass Ritter Aribert besonders gerne Schulkinder in seine unterirdischen Verliese verschleppt!“ Paula, Daniel und Özlem verdrehen die Augen. Olli grinst.

„Deine Schauermärchen kannst du dir echt sparen! Das glaubt dir sowieso keiner“, spottet Magnus. Olli hält jetzt den Mund – fürs Erste.

Endlich hat die Klasse ihr Ziel erreicht. Der Burgführer, Herr Adler, begrüßt sie und der Rundgang durch das mittelalterliche Gebäude beginnt.

„Als Erstes schauen wir in den Rittersaal. Hier wurden früher Feste gefeiert und Gäste empfangen“, erläutert Herr Adler und geht voraus in den großen Raum. Olli ist direkt hinter ihm. Er hat sich ein wenig von seinen Freunden entfernt. Gerade betreten auch Paula, Özlem, Daniel und Magnus als Letzte den Saal. Doch plötzlich springt etwas aus einer Ecke und packt Daniel an der Schulter.

„Hab ich dich! Du kommst mit mir in mein Verlies!“ Das Gespenst! Ritter Aribert! Die vier sind zu Tode erschrocken, besonders Daniel. Doch Gott sei Dank! Es ist nur Olli. Er hat ihnen aufgelauert.

„Mach so was nicht noch mal! Uns wäre fast das Herz stehen geblieben“, schimpfen die Freunde.

Doch Olli schüttelt sich vor Lachen. „Ihr Angsthasen! Lasst euch so leicht erschrecken! Hahaha!“

„Du bist eine richtige Nervensäge, Olli!“, ruft Özlem.

„Ja, genau! Lass uns bloß in Ruhe mit deinem Geisterzeugs!“, stimmt ihr Daniel zu.

„Nun macht euch mal nicht gleich ins Hemd. Ich hätte nicht gedacht, dass ihr solche Feiglinge seid und Angst vor Gespenstern habt“, spottet Olli. Er dreht sich lachend um und geht wieder zur Gruppe zurück. Zähneknirschend folgen ihm seine Freunde.

Die Führung geht weiter. So haben sich alle eine Ritterburg vorgestellt. Waffen hängen an den Wänden und überall gibt es geheimnisvolle, finstere Ecken. Auch an echten Ritterrüstungen kommen sie vorbei.

Herr Adler führt die Klasse sogar auf den Bergfried hinauf. Das ist der Hauptturm auf dem Burggelände. Paula geht als Letzte. Als sie die Holztreppe hinaufsteigt, packt sie plötzlich eine eiskalte Hand am Knöchel.

Entsetzt kreischt sie: „Hilfe! Das Gespenst!“ Doch der Geist entpuppt sich wieder einmal als Olli. Er hat sich unter der Treppe versteckt.

Daniel, Özlem und Magnus haben alles mitbekommen. Langsam haben sie die Nase voll. Was fällt Olli überhaupt ein, sie ständig so zu erschrecken? Paula schimpft: „Diesem Quälgeist sollte man eine Lektion erteilen!" „Keine schlechte Idee", sagt Magnus und gerät ins Grübeln.

Die nächste Station der Burgführung ist noch aufregender: die Folterkammer! Schaudernd betrachten die Kinder die ausgestellten Geräte. Auch hier steht eine unheimliche Ritterrüstung in einer dunklen Nische.

„Ist das gruselig", murmelt Özlem.

„Du Memme!", spottet Olli. Und Paula erschreckt er mit einem lauten „Buh!", als sie ihm gerade den Rücken zudreht. Sie fährt schaudernd zusammen.

Herr Adler verkündet: „Als Nächstes werden wir den Burghof besichtigen." Frau Weiß und der Rest der Klasse verlassen die Folterkammer. Olli will sich gerade kichernd von den anderen abwenden.

Doch plötzlich erstarrt er. Eine unheimliche Stimme ertönt. Sie ruft seinen Namen: „Olli! Oolliiie!" Entsetzt sieht sich Olli um.

„W–w–wer ist da?", stottert er verunsichert.

„Ich bin der Herr der Burg: Ritter Aribert der Dickliche! Ich bin gekommen, um dich in das dunkle Verlies zu holen!"

Olli ist ganz starr vor Angst.

Er vergisst alles um sich herum. „W-w-wo b-b-bist du?“, fragt er und klappert dabei mit den Zähnen.

„Hiiier bin ich!“, tönt es aus der Richtung der alten Ritterrüstung in der Mauernische.

Olli schnappt nach Luft. Jetzt hebt sich auch noch der rechte Arm der Rüstung ganz langsam und quietschend in die Höhe. Gerade so, als wolle der Ritter Olli heranwinken. Das ist zu viel für ihn. Laut schreiend wendet er sich um.

„Hilfe! Hilfe! Das Gespenst! Ritter Aribert will mich entführen!“ Olli will davonlaufen. Doch er kommt nicht weit. Er rennt direkt drei anderen, heulenden Gespenstern in die Arme. Hände greifen nach ihm und halten ihn fest. Es ist wie in einem Albtraum. Olli will nichts mehr sehen und hören. Er kneift die Augen fest zusammen. Die Geister heulen um ihn herum.

Doch Moment mal! Eigentlich klingt es fast mehr wie Gelächter! Verdutzt öffnet der verängstigte Olli ein Auge. Das sind gar keine Gespenster, sondern Paula, Özlem und Daniel! Und die heulen nicht, sondern schütten sich aus vor Lachen. Olli ist fassungslos. Nun schwankt die Ritterrüstung auch noch bedrohlich. Und da! Ein lachender Magnus tritt aus der Nische.

„Haha, reingefallen! Wer ist jetzt der Angsthase?“, lacht er.

Olli bringt kein Wort heraus. Er macht kehrt und rennt davon, als sei eine ganze Geister-Armee hinter ihm her.

Kurz darauf sind sie alle wieder bei der Klasse im Burghof. Herr Adler verkündet: „So, unsere letzte Station ist das Burgverlies!"

„Oh nein, bloß nicht ins Verlies!", entfährt es dem immer noch ganz bleichen Olli.

„Keine Angst, Olli. Da unten gibt es keine Gespenster!", beruhigt ihn Frau Weiß.

„Stimmt!", pflichtet ihr Paula lachend bei. „Hier gibt es ja nur einen Quäl-Geist! Und der ist nicht unten im Verlies, sondern hier oben bei uns. Nicht wahr, Olli?"

Keine Spur von Finn

Eine Geschichte von Miriam Raab
mit Bildern von Frithjof Spangenberg

„Da! Könnt ihr das Meer sehen?“ Mirabell und Finn recken ihre Hälse wie zwei Giraffen.

„Nein, wo ist es denn?“, fragt Mirabell.

„Na dort, direkt vor uns!“, sagt Papa. Er nimmt eine Hand vom Lenkrad und zeigt auf den blauen Streifen am Horizont. Jetzt kann Mirabell es erkennen.

„Das Meer! Endlich sind wir da!“, jubelt sie.

„Wo? Ich will’s auch sehen“, jammert Finn. Mirabell dreht den Kopf ihres kleinen Bruders in die richtige Richtung.

„Wow!“, staunt er.

Endlich lenkt Papa das Auto auf einen Parkplatz am Strand. Sofort wollen Mirabell und Finn das Meer aus der Nähe erkunden. Aber Papa pfeift sie zurück.

„Mama und ich wollen uns ein bisschen hier im Schatten ausruhen. Die lange Fahrt war sehr anstrengend“, sagt Papa.

„Aber wir wollen schwimmen gehen und herumtoben!“, protestiert Mirabell.

„Bitte, Mama“, quengelt Finn. Er macht ein Gesicht, als würde er gleich losheulen.

Papa gibt schließlich nach. „In Ordnung. Ihr dürft zum Strand. Aber geht nicht ins Wasser und lauft nicht zu weit weg! Mirabell, du passt auf Finn auf!“

Mirabell und Finn rennen barfuß die Böschung hinunter zum Strand. Der Sand ist herrlich weich. Es ist noch früh am Morgen und sie sind ganz alleine am Strand. Mirabell und Finn planschen ein bisschen mit den Füßen im Wasser herum. Dann macht Mirabell eine Entdeckung.

„Schau mal, die Felsen da drüben!“, ruft sie und rennt auf die großen Steinbrocken zu. Finn läuft ihr zögernd nach. Als er die Felsen erreicht, erklimmt Mirabell bereits einen großen Stein.

„Komm rauf! Das ist ganz einfach!“, ruft sie Finn zu. Finn findet aber, dass das ganz schön schwer aussieht. Er ist drei Jahre jünger als seine Schwester und viel kleiner als sie.

„Nö, nö“, sagt er zurückhaltend. „Hier unten ist es

viel aufregender." Mirabell lacht nur und klettert weiter nach oben.

Nach einer Weile langweilt sich Mirabell. „Wollen wir was spielen?" Keine Antwort. „Finn?", ruft Mirabell erneut etwas lauter. Wo steckt er bloß?

Mirabell klettert den Felsen hinunter. Unten angekommen blickt sie sich um. Doch von Finn keine Spur! Mirabell bekommt Angst. Was, wenn ihr kleiner Bruder ins Meer gelaufen ist, obwohl Papa es verboten hat? Er kann doch noch gar nicht richtig schwimmen. Zitternd sucht sie das Wasser mit den Augen ab, aber sie kann nichts entdecken.

Mirabell schwirren hundert Gedanken im Kopf herum. Soll sie Mama und Papa holen? Sie könnten ihr suchen helfen. Aber sie werden bestimmt fürchterlich schimpfen, wenn Mirabell jetzt ohne Finn auftaucht. Nein, sie muss ihn alleine finden. Aber was, wenn ihm etwas zugestoßen ist? Mirabell kullern Tränen die Wangen hinunter.

Doch da hört sie plötzlich ein dumpfes Geräusch: „Platsch!“ Sie wischt die Tränen weg und horcht. Da macht es wieder „platsch“.

„Was ist das?“, fragt sich Mirabell. „Und wo kommt es her?“ Sie tritt näher an die Felsen heran. Tatsächlich! Das Platschen kommt von hier. Zwischen den Felsen entdeckt sie einen schmalen Spalt: eine Höhle! Vorsichtig zwängt sie sich durch die enge Öffnung.

Drinnen ist es ziemlich dunkel. Unsicher tastet sich Mirabell voran. Platsch. Das Geräusch wird immer lauter. Dann verstummt es auf einmal und Mirabell fällt ein kalter Tropfen Wasser auf den Kopf.

„Brrr“, macht sie und bleibt stehen. Daher kommt das Geräusch also: Es tropft von der Höhlendecke!

Doch was ist das? Plötzlich hört Mirabell noch einen anderen Laut.

„Hallo? Ist da jemand?“, ruft sie ängstlich. Keine Antwort. Mirabell starrt angestrengt in die Dunkelheit.

„Wer ist denn da?“ Alles bleibt still. Mirabell hört sogar ihr eigenes Herz pochen. Oder läuft da etwa jemand auf dem nassen Boden? Mirabell bekommt eine Gänsehaut.

Auf einmal ertönt wie aus dem Nichts ein lauter Aufschrei: „Attacke!“ Etwas springt auf ihren Rücken. Mirabell glaubt, ihr Herz bleibt stehen.

„Hab ich dich!“, brüllt der Angreifer.

„Finn! Wie kannst du mich nur so erschrecken?“ Mirabell versucht, ihren Bruder abzuschütteln. Finn landet unsanft auf dem Boden. Er jault auf.

„Ich hab dich überall gesucht! Wieso hast du mir nicht gesagt, wohin du gehst?“ Mirabells Stimme bebt vor Wut. Finn gibt keine Antwort. Er liegt am Boden und wimmert.
„Finn?“ Mirabells Ärger verfliegt schnell.
„Hast du dir wehgetan?“

„Ja, mein Fuß …“

Mirabell tastet im Dunkeln nach ihrem Bruder. „Komm, ich helf dir hoch. Wir gehen erst mal raus“, sagt sie. Finn hüpft auf einem Bein. Mirabell stützt ihn.

Draußen vor der Höhle betastet Mirabell Finns Fuß.

„Au!“, schreit Finn. „Das tut weh!“

„Hmm, der ist schon ein bisschen angeschwollen.“

„Du bist schuld!“

„Ich?“, fragt Mirabell empört. „Du hast doch angefangen. Ich hab mich nur gewehrt!“ Finn schweigt verbissen. „Na komm, wir gehen zum Auto zurück“, sagt Mirabell. „Ich trag dich auch huckepack.“

Als sie ein Stück gelaufen sind, kommen ihnen Papa und Mama entgegen.

„Wo wart ihr denn? Und was ist mit Finn?“, rufen sie aufgeregt. Mama ist ganz blass vor Sorge. Mirabell erzählt ihnen die ganze Geschichte. Erst wollen Mama und Papa schimpfen. Aber dann schließen sie Mirabell und Finn erleichtert in ihre Arme.

„Du warst heute ganz schön mutig, Finn“, sagt Mirabell später, als alle wieder im Auto sitzen und Finn seinen Fuß mit einem Eisbeutel kühlt. „Ich hatte wirklich Angst in der dunklen Höhle.“

„Ich nicht!“ prahlt Finn. Dann fügt er leise hinzu: „Tut mir leid, dass ich dich erschreckt habe.“

„Und mir tut die Sache mit deinem Fuß leid“, sagt Mirabell.

„Ich hab aber fast gar nicht geweint“, sagt Finn stolz.

„Oh ja“, pflichtet Mirabell ihm bei, „richtig tapfer warst du heute.“

Herr Wiese tappt im Dunkeln

Eine Geschichte von Doris Wirth
mit Bildern von Christiane Hannecke

„Hey, pass doch auf, du Trampeltier“, schimpfte Anna. „Hast du keine Augen im Kopf?“, pflichtete ihr ihre beste Freundin Mariola bei und rieb sich den schmerzenden Rücken.

„Wenn ihr Hühner auch einfach stehen bleibt. Verratet mir außerdem mal, wie ich hier was sehen soll. Es ist doch stockdunkel“, maulte Lukas zurück. Er hatte nicht bemerkt, dass die beiden Mädchen Halt gemacht hatten und darum war er mit voller Wucht in sie hineingerauscht.

„Wenn ihr euch andauernd streitet, dann blasen wir die Nachtwanderung gleich wieder ab“, ermahnte Frau Sturm die Streithähne.

„Nein, bitte nicht! Wir sind ja schon ruhig!“, meldeten sich nun auch die restlichen Mädchen und Jungen der Klasse 4c zu Wort. Auf die Nachtwanderung hatten sich alle schon riesig gefreut. Sie war nämlich der absolute Höhepunkt ihrer einwöchigen Klassenfahrt.

Bei Einbruch der Dunkelheit hatten sie sich mit ihrer Lehrerin, Frau Sturm, auf den Weg zum Waldrand gemacht. Herr Wiese, ihr Lehrer, war schon vor über einer Stunde aufgebrochen. Er bereitete den großen Lagerfeuerplatz auf der Waldlichtung für die Klasse vor. Dort wollten die Kinder rasten, ihre mitgebrachten Würstchen über dem Lagerfeuer grillen und sich jede Menge Geschichten erzählen.

Klar, dass die ganze Klasse dieses kleine Abenteuer schon mit Hochspannung erwartete. Da nahmen sie das bisschen Schubsen, Stolpern und Stoßen im Dunkeln gerne in Kauf. Anna und Mariola schimpften deshalb nicht länger auf

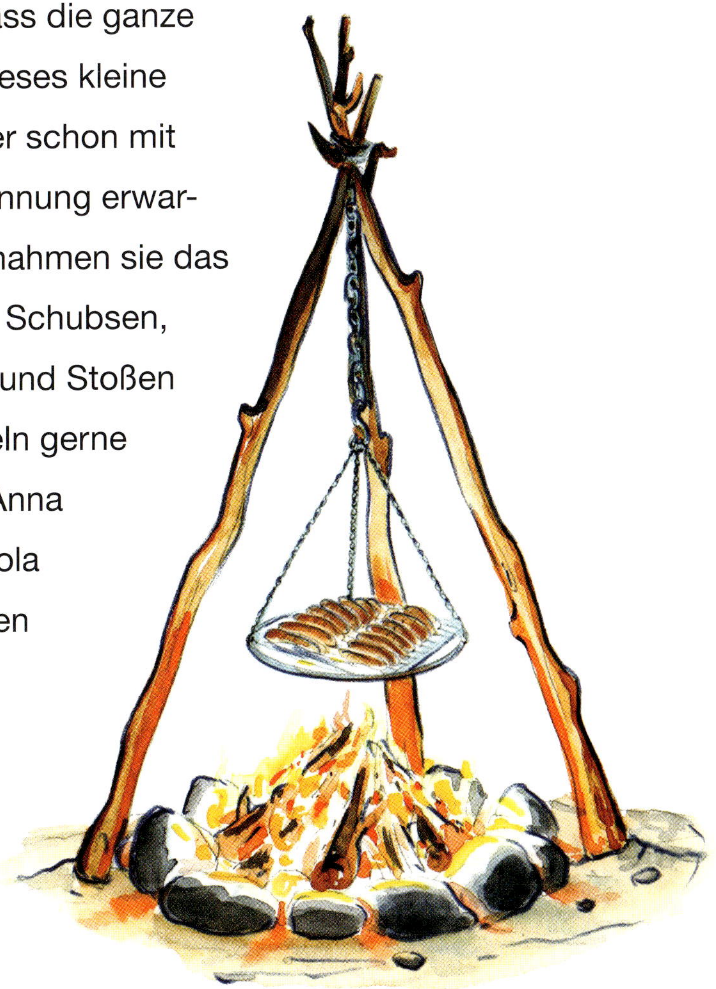

Lukas, sondern hörten brav Frau Sturm zu.

„So, Kinder!“, begann die Lehrerin. „Wir gehen jetzt gleich in den Wald. Nehmt euch bitte alle an der Hand. So geht uns niemand verloren. Passt auf, dass ihr nicht stolpert. Ich habe zwar eine Taschenlampe dabei, aber die möchte ich gerne ausgeschaltet lassen. So können wir uns besser auf die vielen Eindrücke in der Nacht konzentrieren. Außerdem spitzt der Mond gerade durch die Wolken. Ganz dunkel ist es also nicht.“ Die Kinder nickten ungeduldig.

„Völlig egal, ob mit Licht oder ohne. Hauptsache wir sind schnell am Lagerfeuerplatz. Ich sterbe gleich vor Hunger!“, rief Tim.

„Ich auch!“, stimmte ihm Jonas zu. „Mein Magen knurrt schon wie verrückt!“

„Das wäre aber wirklich ein Wunder bei der Portion Spaghetti Bolognese, die du zum Abendessen verputzt hast“, entgegnete Frau Sturm mit einem Schmunzeln. Die Kinder lachten und betraten den schmalen Waldweg.

„Seid doch mal ein bisschen leiser!“, ermahnte Frau Sturm die aufgeregte Meute. „Wir wollen doch die Tiere nicht aufwecken. Außerdem bekommt ihr so gar nichts mit! Habt ihr eben die Eule gehört?“

„Nein, nur einen knurrenden Wolf“, meinte Milan.

„Wirklich?“, fragte Katharina ängstlich.

„Jaaaaaaaa!“, knurrte Milan wie ein wildes Tier und packte sie am Genick.

„Hilfe!“, kreischte Katharina und klammerte sich erschrocken am Arm von Tom fest.

„Mensch“, versuchte dieser sie zu beruhigen, „hier gibt's doch gar keine Wölfe. Das Einzige, was hier knurrt, ist Jonas' Magen.“

„Oder Anna, wenn sie wieder mal am Mosern ist“, gluckste Lukas.

„Ich glaube, ich kann die Würstchen schon riechen“, sagte Tim und schnupperte in die Luft.

„Ich rieche nur die Käsefüße von Lukas“, kicherte Mariola.

„Jetzt reicht's aber langsam“, wurde Frau Sturm allmählich ärgerlich. „Wir wollen hier zusammen einen schönen letzten Abend verbringen und uns nicht immer gegenseitig ärgern. Beachtet doch mal lieber die Natur!“

Die Kinder verstummten und blickten sich um. Und wirklich: Die Augen mussten sich nur an die Dunkelheit gewöhnen und schon gab es jede Menge zu entdecken! Über den Büschen tanzte eine ganze Glühwürmchenfamilie wild durcheinander. Weit entfernt schrie eine Eule. Der Wind rauschte in den Blättern. Die Kinder waren nun ganz ruhig und lauschten den Geräuschen der Nacht.

„Ob wir um diese Zeit hier im Wald ganz alleine sind?“, fragte Jan vorsichtig in die Stille hinein.

„Ja klar! Wer soll denn sonst noch hier sein?“, sagte Anna mit einem Zittern in der Stimme.

Auf einmal raschelte es ganz dicht bei den Kindern im Gebüsch. Mucksmäuschenstill blieben alle stehen.

„Was war das?“, flüsterte Jonas erschrocken.

„Keine Angst! Das war sicher nur ein Igel. Wir sind gleich am Lagerplatz. Herr Wiese hat bestimmt schon Feuer gemacht. Dann kriegt ihr auch eure

Würstchen", versuchte Frau Sturm die Kinder zu beruhigen.

Wortlos bahnte sich die Schülerschlange mit Frau Sturm an der Spitze den Weg durch den immer schmaler werdenden Trampelpfad. Die Mädchen und Jungen hielten sich fest an den Händen und lauschten angestrengt in die Nacht. Bei jedem Geräusch schreckte die Truppe zusammen. Annas Herz klopfte laut. Jan lief eine Gänsehaut den Rücken hinunter. Mariola klapperte vor Angst mit den Zähnen. Lukas war schweißgebadet.

„Kinder, seid doch nicht so ängstlich. Wir sind ja schon da! Nur noch an diesem großen Ameisenhaufen vorbei und da ist dann auch schon die Lich…"

Das „tung" blieb Frau Sturm förmlich im Halse stecken. Denn statt eines lodernden Feuers und Herrn Wiese mit leckeren Würstchen erwartete sie am Lagerplatz nur gähnende Leere.

„Aber das gibt's doch nicht", entfuhr es Frau Sturm.

„Vielleicht haben wir uns ja verlaufen und das ist gar nicht die richtige Lichtung", versuchte Katharina eine Erklärung zu finden.

„Nein, schau doch mal. Hier liegt ja auch das Feuerholz, das wir heute Nachmittag gesammelt haben", sagte Lukas und deutete auf den kleinen Haufen aus Ästen und Zweigen neben der befestigten Feuerstelle.

Die Wolken hatten sich nun wieder vor den Mond geschoben. Im Wald war es stockdunkel.

„Bitte bleibt ruhig. Das ist bestimmt alles nur ein Missverständnis und …" Erschrocken brach Frau Sturm mitten im Satz ab.

Am Rand der Lichtung hinter den Brombeerbüschen war ein Knacken zu hören gewesen. Die Kinder drängten sich dichter zusammen. Da! Das Knacken wurde immer lauter.

„Was ist das?", weinte Anna und klammerte sich an ihrer Freundin Mariola fest. Das Rascheln kam näher.

Ein matter Lichtschein flammte plötzlich in der Dunkelheit auf.

„Hilfe! Hilfe! Ein Monster!“, kreischte Tim.

Alle Kinder schrien durcheinander und starrten mit aufgerissenen Augen auf das tanzende Licht hinter den dichten Brombeerbüschen. Plötzlich brach ein schwerer Körper durchs Gebüsch und landete mitten auf der Lichtung. Jetzt stimmte auch Frau Sturm in das Kreischen der Kinder mit ein.

Der Mond kämpfte sich nun wieder durch die Wolken und tauchte den Wald in silbriges Licht. Die Kinder konnten das „Monster“ nun klar erkennen: Es war über und über mit Erde beschmiert. Blätter und Äste klebten in seinem strubbeligen Haar. Auf seinem Hemd verteilten sich kleine, blutrote Brombeerflecken. „Jetzt hab ich auch noch meine Würstchen verloren“, jammerte es.

„Herr Wiese!“, riefen alle Kinder samt Frau Sturm verblüfft im Chor.

„Ja, ich bin's! Ich hab mich im Wald verlaufen! Meine Taschenlampe ist bei meinem Sturz auch noch kaputtgegangen“, meinte Herr Wiese zerknirscht. „Aber sagt mal: Warum habt ihr denn gerade so laut geschrien? Ich habe mich vielleicht erschrocken.“

Anna begann nun leise zu kichern. Mariola stimmte

mit ein. Auch Jan gackerte schon. Und schließlich brüllte die ganze Klasse vor Lachen.

„Was habt ihr denn auf einmal alle?“, fragte Herr Wiese völlig verdattert.

„Nichts!“, gluckste Frau Sturm erschöpft. „Wir haben nur ein Monster gesehen.“

Ein Apfelkuchen für Humpelbein

Eine Geschichte von Annika Christof mit Bildern von Ursula Roth

„Guckt mal! Ich kann's sogar freihändig!“ Jimmie balanciert über die Hängebrücke auf dem Spielplatz.

„Na und? Da ist doch nix dabei“, knurrt Chris und macht es ihm nach.

„Nicht schlecht. Aber seid ihr auch so mutig wie ich?“ Matti schaukelt immer höher und höher. Am höchsten Punkt springt er ab, saust durch die Luft und landet im Sand. „Jetzt hat's euch die Sprache verschlagen, wie?“, sagt er stolz.

„Da schlafen mir ja die Füße ein. Ich bin viiiiiiel mutiger als ihr alle zusammen“, mischt sich Fred ein.

„So ein Quatsch! Das kann ja jeder behaupten“, brummt Chris.

„Dann lasst uns doch eine Mutprobe machen“, schlägt Fred vor. „Dann werden wir sehen, wer von uns der Mutigste ist. Hört zu: Ihr kennt doch Humpelbein.“

Alle nicken gespannt. Humpelbein heißt in Wirklichkeit Herr Klingel. Den Spitznamen haben ihm die Jungen gegeben, weil er sein Bein immer so merkwürdig nachzieht. Der alte Mann wohnt ganz alleine in einem kleinen Haus am Ende der Straße. Mit seinem hinkenden Bein und seinen weißen Haaren sieht er wirklich unheimlich aus. Mit diesem Typen ist nicht zu spaßen – da sind sich die Jungs sicher!

„Wir könnten heimlich Äpfel aus seinem Garten stibitzen! Oder traut ihr euch etwa nicht?“ Grinsend blickt Fred in die Runde. Betreten schauen die anderen zu Boden. Schon beim Gedanken an Humpelbein wird ihnen ganz mulmig zumute. Aber das will natürlich niemand zugeben.

„Doch, na klar!“, beteuern Chris und Matti deshalb zögernd ihren Mut.

Nur Jimmie ist besorgt. „Aber das ist doch Klauen! Wenn er uns erwischt, kommen wir ins Gefängnis.“

Die anderen lachen spöttisch. „Du Feigling! Wegen ein paar Äpfeln wird man doch nicht gleich eingesperrt.“ Jimmie wird feuerrot im Gesicht.

„Dann gehen wir eben ohne dich, Angsthase!“, höhnt Fred.

„Nein, ich komm mit“, versichert Jimmie schnell. Er will schließlich kein Feigling sein.

„Zuerst müssen wir den Garten ausspionieren“, erklärt Fred fachmännisch, als die Freunde an Herrn Klingels Haus angekommen sind. Fred legt sich auf den Boden und robbt wie ein Indianer an den Gartenzaun heran. Seine Freunde folgen ihm. Vorsichtig spähen die vier Jungs durch die Zaunlücken in Herrn Klingels Garten.

„Da vorne sitzt er in seinem Liegestuhl“, flüstert Chris. „Genau neben dem Apfelbaum. Wie kommen wir denn da bloß an die Äpfel ran?“

„Kein Problem! Humpelbein schläft doch tief und fest. Wir müssen nur ganz leise sein“, erwidert Fred. Seine Augen blitzen vor Begeisterung. Das ist ein Abenteuer nach seinem Geschmack. Hier ist echter Mut gefragt!

„Nur wer es schafft, einen Apfel zu holen, hat die Mutprobe bestanden“, erklärt er seinen Freunden feierlich. Die drei nicken aufgeregt. Wenn das nur gutgeht …

Vorsichtig klettern die Jungs über den wackeligen Bretterzaun. Immer wieder blicken sie nervös zu Herrn Klingel. Doch der alte Mann sitzt nach wie vor schlafend in seinem Stuhl. Leise schleichen sie sich an der Hauswand entlang. Hinter einem Strauch gehen sie in Deckung. Von hier aus sind es nur noch ein paar Meter bis zum Apfelbaum.

„Einer nach dem anderen“, raunt Fred leise seinen Freunden zu. „Sonst machen wir zu viel Lärm.“

Bevor die drei antworten können, ist er schon am Baum angelangt. Schnell pflückt er einen Apfel vom untersten Ast. Danach huscht er zurück ins Versteck.

„Alles kein Problem. Der schläft wie ein Stein!“ Fred hält triumphierend seinen Apfel hoch. Bewundernd schauen ihn seine Freunde an. „Und jetzt seid ihr dran!“

Nacheinander holen auch Chris und Matti einen Apfel vom Baum. Nun ist Jimmie an der Reihe. Sein Herz schlägt ihm bis zum Hals. Warum hat er sich nur auf die Mutprobe eingelassen? Aber jetzt gibt es kein Zurück mehr. Er muss den anderen beweisen, dass er keine Angst hat.

Zittrig tapst er in Richtung Baum. Plötzlich hört Herr Klingel auf zu schnarchen. Jimmie bleibt wie angewurzelt stehen.

„Bitte wach jetzt bloß nicht auf!“, fleht er Herrn Klingel in Gedanken an. Der hat die Augen aber immer noch geschlossen. Er gibt ein leises Grunzen von sich.

Danach schnarcht er wieder normal weiter. Jimmie atmet erleichtert auf. Nochmal Glück gehabt! Nun nimmt er all seinen Mut zusammen und pflückt mit einem Ruck einen Apfel ab.

Doch da knackst es auf einmal laut und ein dumpfer Schlag ist zu hören. Jimmie springt erschrocken zur Seite. Neben dem Liegestuhl ist ein Apfel direkt auf eine Gießkanne gefallen. Durch den Lärm schreckt Herr Klingel hoch. Vor lauter Angst kann sich Jimmie nicht bewegen. Stocksteif wie ein Gartenzwerg steht er neben dem Apfelbaum. Aus dem Augenwinkel sieht er, wie sich seine Freunde aus dem Staub machen. Solche Verräter!

Ganz verdattert starrt Herr Klingel auf den reglosen Jimmie und reibt sich die Augen. „Nanu? Was hast du denn hier zu suchen?“

Da erwacht Jimmie aus seiner Starre. Er dreht sich um und will fliehen. Doch seine Beine sind total wackelig. Er stolpert und plumpst zu Boden. Entsetzt spürt er eine Hand am Arm.

„Da hab ich wohl einen Apfeldieb erwischt“, ertönt Herrn Klingels Stimme. Vorsichtig zieht er ihn nach oben. Jimmie steigen vor Angst Tränen in die Augen.

„I-i-ich w-w-wollte nicht klauen“, stottert er. „Das war doch nur eine Mutprobe!“ Reumütig hält er dem alten Mann den Apfel entgegen.

„Eine Mutprobe also. Und was ist so mutig daran, meine Äpfel zu stehlen?“, fragt Herr Klingel. Verlegen schaut Jimmie auf den Boden. „Na sag schon!“

Jimmie fasst sich ein Herz und erzählt ihm alles – auch warum die Kinder Angst vor ihm haben. Als er fertig ist, starrt ihn der alte Mann zunächst verdutzt an. Dann bricht er in großes Gelächter aus.

„So, so, unheimlich bin ich euch! Dabei tu ich doch keiner Fliege was zuleide!“ Jimmie fällt ein Stein vom Herzen. Freundlich legt Herr Klingel seinen Arm um Jimmies Schulter.

„Komm, nimm ein paar Äpfel für dich und deine Freunde mit. Und beim nächsten Mal fragt ihr vorher einfach. Ich geb euch gern was ab.“ Jimmie nickt dankbar.

„Kommt doch ruhig öfter vorbei! Ich kann ein bisschen Gesellschaft gut gebrauchen!“, ruft ihm Herr Klingel beim Abschied noch hinterher.

Eine Straßenecke weiter in sicherer Entfernung warten Jimmies Freunde nervös auf ihn. Endlich taucht er auf.

Die drei bombardieren ihn sofort mit Fragen. Jimmie erzählt ihnen alles.

„Und er würde sich freuen, wenn wir ihn in Zukunft öfter besuchen. Er ist doch so allein!“, schließt er seinen Bericht. Die anderen schauen sich erstaunt an.

„Und wir haben uns immer lustig über ihn gemacht. Wie gemein von uns! Ab heute gibt es kein Humpelbein mehr!“, schlägt Fred vor und hat plötzlich wieder einen Geistesblitz – diesmal aber einen guten: „Wir könnten ihm doch als Entschuldigung mit den Äpfeln einen Kuchen backen und ihm vorbeibringen!“ Begeistert stimmen ihm die anderen zu. Ja, darüber wird sich der alte Herr Klingel sicher freuen!

Die geheime Tür

Eine Geschichte von Lydia Zinsmeister
mit Bildern von Ursula Roth

„Anabell, schau doch mal, was ich gefunden habe!“, ruft Luisa und hält das alte Brautkleid von Anabells Oma hoch.

„Ich wusste gar nicht, dass wir so tolle Sachen auf dem Dachboden haben“, staunt Anabell.

„Es war wirklich eine super Idee, hier oben Verkleiden zu spielen“, sagt Maike und setzt sich einen Strohhut auf.

„Ich weiß was: Machen wir eine richtige Modenschau!“, schlägt Anabell vor.

Ihre Freundinnen stimmen begeistert zu. „Hol doch den CD-Player aus deinem Zimmer, Anabell. Mit Musik macht es noch mehr Spaß!“

„Klar! Ich hol ihn. Sucht ihr in der Zwischenzeit hier oben eine Steckdose“, ruft Anabell und flitzt davon.

Maike und Luisa blicken sich auf dem Dachboden um. Leider ist nirgends eine Steckdose zu sehen.

„Vielleicht hinter dem Schrank da.“ Maike zeigt auf ein riesiges, altes Holz-Ungetüm. Luisa wirft einen Blick dahinter.

Plötzlich ruft sie ganz aufgeregt: „Maike! Schnell!“

„Was ist denn?“

„Siehst du das?“ Luisa tritt nervös von einem Fuß auf den anderen.

„Eine versteckte Tür!“, flüstert Maike.

Da kommt Anabell auch schon wieder zurück.

„Schau dir das mal an!“, fordert Maike die Freundin sofort auf und deutet auf den Schrank.

„Wieso? Ist dahinter eine Steckdose?“

„Nein! Eine Tür!“

Ungläubig streckt sich Anabell und späht in die Ritze hinter dem Schrank. „Tatsächlich! Davon wusste ich ja gar nichts!“

„Vielleicht wohnt da ein Gespenst“, grinst Luisa.

„Blödsinn!“, sagt Anabell und überlegt. Versteckt sich ein Schatz hinter der rätselhaften Tür? Ein Geheimgang? Oder irgendein anderes, dunkles Geheimnis?

Da hören sie auf einmal von fern eine Stimme. Die Mädchen erschrecken. Maike entfährt sogar ein kleiner Schrei.

Doch es ist nur Anabells Mutter. „Ich habe gerade frischen Kuchen

gebacken. Kommt schnell und holt euch ein Stück!"
Die Mädchen werfen sich einen Blick zu.

„Fragen wir einfach meine Mama. Sie muss es ja wissen", schlägt Anabell vor.

Wie der Blitz rasen die Mädchen nach unten in die Küche. Dort hat Anabells Mutter schon den Tisch gedeckt.

„Du, Mama", sagt Anabell und schiebt sich ein Stück Kuchen in den Mund, „was ist eigentlich hinter der Tür oben auf dem Dachboden?"

„Mit vollem Mund spricht man nicht!", erwidert die Mutter streng.

Anabell schluckt schnell hinunter. „Aber wohin führt die Tür denn?"

„Warum interessiert dich das so sehr?", fragt ihre Mama unsicher.

Anabell wird allmählich misstrauisch. „Was ist dahinter, Mama?"

„Nichts Besonderes. Nur ein bisschen Krimskrams", wehrt die Mutter ab.

Doch Anabell bohrt nach: „Was für Krimskrams, Mama?“ Die Mutter stellt die Teetasse ab und mustert ihre Tochter eindringlich.

„Krimskrams eben! Kümmert euch nicht darum!“

„Deine Mama war aber eben komisch“, stellt Luisa fest, als die Mädchen später wieder zurück auf dem Dachboden sind.

„Finde ich auch. Ich glaube, sie hat ein Geheimnis vor mir. Und jetzt werden wir herausfinden, was es ist.“ Anabell geht entschlossen zum Schrank und stemmt sich dagegen, um ihn von der geheimen Tür wegzurücken. Maike und Luisa helfen mit.

„Los, gleich haben wir's“, stöhnt Luisa mit hochrotem Kopf.

„Geschafft!“, atmet Maike schließlich erleichtert auf. Die Tür liegt nun frei. Sie ist total eingestaubt. Anabells Blick fällt auf die Türklinke. Ihr stockt der Atem.

„Seht ihr das?“, flüstert sie unruhig. „Die Türklinke!“

Luisa nickt langsam. „Stimmt! Da sind Fingerabdrücke im Staub. Es ist also erst vor Kurzem jemand hier gewesen.“

Entschlossen legt Anabell eine Hand auf die Klinke. „Ich mache jetzt auf. Seid ihr bereit?“

„Mach schon!“, drängelt Luisa. Langsam drückt

Anabell die Klinke nach unten.

„Iiiiiiigiiit!“, schreit Maike plötzlich auf. Vor lauter Schreck springt Anabell von der Tür weg.

„Was ist?“

„Da sitzt eine riesige Spinne auf dem Türrahmen.“ Luisa verdreht die Augen. Anabell geht noch einmal zur Tür und drückt die Klinke fest nach unten. Doch … es ist abgeschlossen.

„Ach verdammt!“, zischt sie.

Luisa versucht, einen Blick durch das Schlüsselloch zu erhaschen. „Ich sehe nichts. Da drin ist es stockdunkel.“

Anabell ist jetzt nicht mehr zu bremsen. „Hier muss es doch irgendwo einen Schlüssel geben. Los! Suchen!“, ruft sie. Die Mädchen sehen sich fieberhaft um. Luisa schaut im alten Schrank nach und Maike steckt ihre Nase in eine Truhe. Luisa tastet den Türrahmen ab. Da stößt sie auf etwas Kleines, Hartes, Metallisches …

„Der Schlüssel!“, jubelt sie und steckt ihn sofort ins Schloss. Und – er passt! Die Tür geht quietschend auf.

Anabell, Luisa und Maike bleiben wie erstarrt stehen. Vor ihnen liegt völlige Dunkelheit.

„Wir brauchen Licht“, stellt Luisa fest und reißt die anderen aus ihrer Starre.

Ängstlich wagt Anabell einen Schritt in den Raum und tastet die Wand nach einem Lichtschalter ab. „Ich hab ihn“, flüstert sie. Das Licht geht an.

Die Mädchen können kaum fassen, was sie vor sich sehen. In der unscheinbaren Kammer stehen wunderschöne Sachen! Ein tolles neues Fahrrad, ein Spiel und kleine, in Geschenkpapier verpackte Schachteln.

„Was ist denn das?“, murmelt Luisa verwirrt.

„Von wegen Krimskrams“, wirft Maike entgeistert ein. Plötzlich hören die Mädchen hinter ihrem Rücken schnelle Schritte.

„Was macht ihr da?“, ertönt die zornige Stimme von Anabells Mutter.

„Wir ... wir ...“, stammeln Luisa und Maike.

„Warum hast du mir nicht gesagt, dass wir hier so tolle Sachen haben?“, fragt Anabell ihre Mutter vorwurfsvoll.

Die schüttelt nur wütend den Kopf. „Weil das die Geschenke für deinen Geburtstag nächste Woche sind!“

Anabell fällt es wie Schuppen von den Augen. Ihr Geburtstag! Das sind ja auch haargenau die Dinge, die sie sich gewünscht hat. Oh nein! „Deshalb wolltest du uns nicht sagen, was in dem Zimmer ist", stöhnt Anabell.

„Genau! Jetzt hast du dir mit deiner Neugier die ganze Überraschung verdorben!", sagt ihre Mutter. Anabell wird traurig. Ein Geburtstag ohne Überraschungen – etwas Schlimmeres kann sie sich gar nicht vorstellen.

Auf einmal hört sie ein lautes Glucksen aus der Ecke des Raumes. Luisa und Maike halten ein Spiel in die Höhe und rufen Anabell kichernd zu: „Hey Anabell, es hat sich trotzdem gelohnt, dass wir das Geheimnis der Tür gelüftet haben. Du hättest nämlich genau dieses Spiel auch von uns bekommen. Und jetzt können wenigstens wir noch für eine tolle Geburtstagsüberraschung sorgen."

Tante Bärbel hat Schwein

Eine Geschichte von Doris Wirth mit Bildern von Marc Robitzky

„Kann ich nicht doch zu Hause bleiben? Bitte!", bettelte Elli.

„Jetzt ist es aber mal gut", sagte Papa streng. „Der Familienurlaub ist seit Monaten geplant!"

„Aber warum muss ich denn da mit? Ich bin doch schon viel zu alt und …"

„Ruhe jetzt! Wir fahren ALLE!", unterbrach sie Papa und konzentrierte sich wieder auf den Straßenverkehr.

ALLE – das sind wir: Mama, Papa, Elli, Robin und ich, Cora. Mama und Papa sind schon erwachsen. Elli sagt, sie auch. Aber Mama findet, dass man mit vierzehn Jahren noch lange nicht erwachsen ist, sondern höchstens ein verrückter Teenie. Robin ist vier Jahre alt und ich bin acht.

An diesem Samstag zu Beginn der Sommerferien saßen wir alle in dem Mini-Van, den Papa extra für unsere Urlaubsreise gemietet hatte. Wir brauchten nämlich jede Menge Platz. Denn außer uns sollten ja auch noch Oma und Tante Bärbel mit in den Urlaub auf einen Bauernhof fahren.

Oma ist Papas Mama und Tante Bärbel ist Omas Schwester, also Papas Tante. Beide sind schon uralt. So ungefähr hundertzwanzig, aber so genau weiß ich das nicht. Oma und Tante Bärbel wohnen in einem Seniorenstift. Das ist kein Stift zum Malen, sondern ein Haus, in dem nur alte Menschen leben und in dem es immer seltsam nach Kohlsuppe riecht.

Wir wollten gerade Oma und Tante Bärbel abholen. Papa war schon richtig genervt von Ellis Maulerei. „Ich will jetzt nichts mehr hören!“, knurrte er und stellte den Mini-Van auf dem Parkplatz ab. Er stieg aus, um Oma und Tante Bärbel aufzugabeln. Elli steckte sich eingeschnappt die Kopfhörer ihres MP3-Players in die Ohren und stellte auf volle Lautstärke.

Nach einer Weile wankte Papa wieder mit Oma und Tante Bärbel heran. Papa sah aus wie ein Packesel. Er war über und über mit Taschen und Koffern beladen. Oma und Tante Bärbel trugen nur zwei riesige Handtaschen.

„Guten Tag, ihr Lieben! Ach, ich freu mich schon so!“, flötete Oma und küsste uns alle ab.

„Wir sind ja schon so aufgeregt! Wir konnten die ganze Nacht nicht schlafen“, quiekte Tante Bärbel und ließ sich neben Robin auf den Sitz plumpsen.

Oma und Tante Bärbel plapperten drauflos. Elli verdrehte die Augen und starrte nur aus dem Fenster. Robin ließ sich von Tante Bärbel mit Schokolade füttern und ich löcherte Mama, welche Tiere es denn auf einem Bauernhof gebe.

Endlich hatte Papa die vielen Koffer und Taschen verstaut. Nun konnte es losgehen. Die Fahrt dauerte ewig. Oma und Tante Bärbel sangen so komische Lieder wie „Hoch auf dem gelben Wagen“. Robin hatte sich mit Schokolade überfressen und kotzte in Ellis Sporttasche. Elli war natürlich stinksauer und redete kein Wort mehr mit uns, obwohl wir gar nichts

dafür konnten. Ich hielt die ganze Zeit den Kopf aus dem Fenster, weil es im Bus so furchtbar stank. Mama hatte Migräne und Papa einen halben Herzinfarkt. Das behauptete er zumindest.

Nach einer kleinen Ewigkeit erreichten wir endlich den Bauernhof. Da kam auch schon Frau Moser, die Bäuerin, aus dem Haus und begrüßte uns. Papa, Mama, Oma und Tante Bärbel unterhielten sich mit ihr. Elli schmollte und ich bestaunte Frau Mosers Gemüsegarten.

„So, jetzt schnappt sich jeder eine Tasche und dann beziehen wir unsere Zimmer“, kommandierte Papa. Wir stürmten zum Kofferraum und holten das Gepäck heraus.

„Wo ist eigentlich Robin?“, fragte Mama und sah sich um.

„Keine Ahnung! Seit wir angekommen sind, hab ich ihn nicht mehr gesehen!“, sagte Papa ratlos.

„Mein Gott!“, stöhnte Mama und wurde noch bleicher.

„Keine Angst! Bei uns geht niemand verloren“, versuchte Frau Moser, sie zu beruhigen.

„Robinleinchen! Wo bist du denn?“, trällerte Oma.

Laut rufend machten wir uns auf die Suche. Papa lief in die Scheune, Oma und Tante Bärbel zu den Hühnern. Mama ging mit Frau Moser und Elli ums Bauernhaus herum.

Ich rannte mit einer bösen Vorahnung in den Schweinestall. Schweine

sind nämlich Robins Lieblingstiere. Dort entdeckte ich meinen kleinen Bruder dann auch: Er stand vor einem Schweinekoben, unterhielt sich lautstark mit den kleinen Ferkelchen und fingerte am Türriegel herum. „Robin! Hör auf!“, schrie ich noch. Doch da war es schon zu spät.

Die Tür sprang auf und vier kleine Ferkel samt Muttersau schossen heraus. Robin schaute ganz verdattert. Ich sprang schnell zur Seite, sonst hätte mich die Schweinebande bestimmt platt gewalzt.

„Nein! Bleibt hier! Ich will euch doch streicheln“, heulte Robin.

Ich packte meinen Bruder und hetzte mit ihm den Schweinen hinterher hinaus auf den Hof, wo die anderen inzwischen schon wieder standen. Die Schweine rasten geradewegs auf sie zu, schlugen kurz vorher einen Haken und liefen dann in alle Richtungen davon.

„Das überleb ich nicht!“, hauchte Tante Bärbel und ließ sich mitten im Hof auf den Boden plumpsen.

Mama, Papa und Frau Moser rannten der Muttersau hinterher, um sie zurück in den Schweinestall zu locken. Mit weit ausgestreckten Armen umzingelten sie das Vieh.

„Gleich hab ich dich, du Schweinebraten“, zischte Papa und wollte die Sau packen. Sie wich aber geschickt aus und verschwand im Scheunentor.

„Aus dir mach ich Gulasch!“, schrie Papa und lief mit Mama und Frau Moser im Schlepptau hinterher.

Robin hatte inzwischen eines der Ferkel gesichtet. Es nahm gerade ein Bad in Frau Mosers Vogeltränke. Von hinten pirschte sich Robin heran und packte rasch zu.

Das Schweinchen zappelte wie verrückt und verspritzte das ganze Wasser. Doch Robin ließ nicht locker. Elli half ihm, das Ferkel zurück in den Stall zu bringen.

Da raschelte es auf einmal im Gemüsegarten. Der zweite Ausreißer! Das Ferkel steckte bis zum Bauch im Salatbeet und hatte schon kräftig gewühlt. Als es mich sah, rannte es grunzend und total verwirrt im Kreis herum.

„Nein!“, brüllte ich es an. „Du zermatschst doch die Tomaten!“ Ich hechtete auf das Ferkel zu, köpfte dabei ein paar von Frau Mosers Tulpen und warf mich auf das Schweinchen, bevor es noch mehr kaputt machen konnte. Mit Ellis und Robins Hilfe brachte ich es schnell in den Stall zurück.

Als wir wieder auf den Hof traten, stockte uns der Atem: Das dritte Ferkel steuerte im Schweinsgalopp geradewegs auf Tante Bärbel zu. Die saß immer noch auf dem Boden und begann wie am Spieß zu schreien. Das Ferkel erschrak beim Anblick von Tante Bärbel noch viel mehr und blieb wie angewurzelt stehen.

Da sprang Oma von hinten herbei und packte das Schweinchen an den Füßen.

„So eine Sauerei!“, stieß Tante Bärbel hervor, verdrehte die Augen und kippte nach hinten um.

Eine Stunde später saßen wir endlich bei Kaffee und Kuchen zusammen im Garten und lachten uns schlapp über unsere wilde Schweinejagd. Auch Tante Bärbel hatte sich erholt und konnte mitkichern. Inzwischen waren auch alle Schweine wieder sicher im

Stall verstaut – alle bis auf ein kleines Ferkel. Es war leider nicht mehr aufgetaucht, so sehr wir auch gesucht hatten.

„Ferien auf dem Bauernhof sind doch nicht so schlecht“, gab Elli schließlich zu. „Das können wir ruhig öfter machen.“

„Nur über meine Leiche!“, rief Tante Bärbel so entsetzt, dass wir alle wieder lachen mussten.

Doch da raschelte es auf einmal im Gebüsch neben dem Gartentisch. Erschrocken schauten wir uns an. Ein kleiner Schweinerüssel tauchte auf und schnupperte neugierig. Und schließlich kam das ganze fehlende Ferkelchen zum Vorschein.

Wir hielten alle den Atem an. Jetzt bloß keine falsche Bewegung! Tante Bärbel erschreckte sich wieder so fürchterlich, dass sie ihre riesige Handtasche fallen ließ. Das schien das Schweinchen aber nicht zu stören. Neugierig ging es auf die Tasche zu und steckte seinen Rüssel tief hinein.

Ich weiß auch nicht, woher Tante Bärbel auf einmal den Mut nahm. Aber sie warf sich, ohne mit der Wimper zu zucken, nach vorne, stieß den rosa Klops in ihre Handtasche und machte sie fest zu. Mit offenem Mund starrten wir Tante Bärbel an.

„Aber Tante Bärbel! Du bist ja eine richtige Schweine-Bändigerin!“, staunte Robin.

„Das kann ich wirklich nicht behaupten“, sagte Tante Bärbel. „Ich hab einfach nur Schwein gehabt!“

Rummel im Dschungel

Eine Geschichte von Tino Richter
mit Bildern von Marc Robitzky

„Laaangweilig!“, stöhnt Roman genervt.

„Gehen wir doch auf den Fußballplatz und kicken ein bisschen“, schlägt Claus vor.

„Nee, das machen wir doch jeden Tag. Das ist allmählich auch öde“, motzt Philipp.

„Ich hab's: Wir spielen Entdecker!", schlägt Alex begeistert vor.

„Was willst du denn entdecken?", fragt Roman zweifelnd.

„Keine Ahnung! Wir könnten den Stadtpark erkunden", sagt Alex. Claus verdreht die Augen. „Oder euren Dachboden, Roman." Philipp gähnt gelangweilt. „Oder wir steigen in die alte Fabrikhalle ein. Das ist doch die Idee! Das ist dann der Dschungel und wir sind die Urwaldforscher!", jubelt Alex.

„Aber Kinder dürfen da doch gar nicht spielen! Mein Papa hat mir das streng verboten!", merkt Philipp vorsichtig an.

„Das Verbot gilt doch nicht für uns. Wir sind schließlich Entdecker! Auf in den Urwald!", ruft Alex und lässt einen lauten Tarzan-Schrei los.

„In welchen Urwald wollt ihr denn? Kann ich mitkommen?", ertönt auf einmal hinter ihnen eine schüchterne Stimme. Die Freunde drehen sich erstaunt um: Es ist Baldric!

„Och, der schon wieder“, stöhnt Roman. Baldric wohnt in ihrer Straße und ist irgendwie seltsam. Das finden die Jungs zumindest. Er zieht immer allein durch die Gegend und versucht, sich bei Alex und seinen Freunden einzuschleimen.

„Wir gehen auf große Entdecker-Tour. Da können wir keine Weicheier wie dich brauchen!“, faucht Alex. Baldric läuft rot an und lässt den Kopf hängen.

„Ich bin kein Weichei!“, murmelt er.

Doch die vier Jungs lachen nur und lassen Baldric einfach stehen. Schnell laufen sie zur alten Fabrik und quetschen sich durch das kleine Loch im alten,

rostigen Gitterzaun. Auf dem Fabrikgelände wächst überall Unkraut. Hier ist bestimmt schon lange niemand mehr gewesen. Roman bückt sich und hebt einen Ast vom Boden auf.

„Was willst du denn damit?“, fragt Philipp.

„Im Dschungel braucht man doch ein Buschmesser.“

Das leuchtet den anderen ein und alle rüsten sich mit Ästen aus. Vorsichtig nähern sie sich dem Eingang der halb verfallenen Fabrikhalle.

„Unser Dschungel ist aber ganz schön heruntergekommen“, stellt Claus leise fest und lässt den Blick über die zerbrochenen Fensterscheiben schweifen. Roman steht schon an der Fabriktür. Er öffnet sie und winkt seine Freunde hinein.

Mit angehaltenem Atem betritt Alex als Erster das alte Gemäuer. „Wow! Ist das cool!“, ruft er. Die Halle ist riesig. Tonnenweise altes Gerümpel bedeckt den Boden. Die anderen folgen ihm.

„Macht doch mal Licht“, entfährt es Philipp.

„Such doch den Schalter, ha ha ha!“, gluckst Claus. Klar, dass hier der Strom schon lange abgestellt ist.

„Jetzt seid aber leise. Oder wollt ihr die Tiger aufwecken?“ Alex geht in die Knie. Auch die anderen ducken sich. Langsam und vorsichtig tauchen die Entdecker tiefer in den Fabrik-Dschungel ein. In ihrer Fantasie werden die heraushängenden Kabel zu Lianen, die dicken Rohre zu Baumstämmen und die kaputten Maschinen zu wilden Tieren.

„Hier drin ist es ja fast wie in einem Irrgarten“, stellt Claus fest. „Da kann man sich bestimmt gut verlaufen.“

„Deshalb müssen wir auch zusammenbleiben“, befiehlt Alex. „Hier gibt’s sicher massig gefährliche Tiere – Schlangen und Mammuts und so.“

„Haha!“, spottet Roman. „Im Dschungel gibt’s doch keine Mammuts.“

„In unserem schon!“, gibt Alex beleidigt zurück.

Die Jungen tasten sich tiefer in ihren Fantasie-Urwald. Je weiter sie vordringen, desto stiller werden sie. Ihre Schritte hallen seltsam nach. Es wird auch immer düsterer. An den schmutzigen Wänden scheinen Schatten vorbeizuhuschen.

„Entdecker zu spielen war wohl doch keine so gute Idee“, murmelt Claus und blickt sich ängstlich um. „Wollen wir nicht lieber umkehren?“

„Ach was! Ein echter Entdecker kennt keine Angst", versucht Alex seine Freunde zu beruhigen.

„Uuaah!", schreit Roman plötzlich auf. Alle fahren wie vom Blitz getroffen zusammen. Auf dem dreckigen Boden eilt ein Schatten vorbei. Kurz darauf ist ein Rascheln zu hören.

„Ein Tiger! Bloß weg hier!", schreit Roman und schießt in Richtung Ausgang davon. Claus und Philipp folgen ihm laut schreiend.

Im ersten Moment hat sich auch Alex richtig erschrocken und will hinterher. Doch dann sieht er den „Tiger": eine kleine Maus!

„He, ihr Angsthasen! Schaut doch mal.“ Alex deutet auf den kleinen Nager. Doch seine Freunde sind schon längst über alle Berge. Er schüttelt den Kopf.
„Von wegen Entdecker! Machen sich wegen einem winzigen Tierchen gleich ins Hemd“, murmelt er.

Doch so ganz alleine in der riesigen Halle ist auch Alex plötzlich ganz mulmig zumute. Vorsichtig tappt er zum Ausgang zurück. Um ihn herum ist es mucksmäuschenstill. Er hört nur seinen eigenen Atem.
„Alex!“, ertönt da auf einmal eine Stimme. Alex zuckt zusammen. Hat er sich das nur eingebildet oder lauert jemand in der Dunkelheit?
„Alex!“, erschallt die Stimme erneut. Alex läuft es eiskalt den Rücken hinunter. Nichts wie raus hier! Er beginnt zu rennen.
„Wumm“, kracht es plötzlich. Irgendetwas schlägt mit voller Wucht gegen Alex’ Kopf. Er spürt einen stechenden Schmerz und fällt zu Boden. Völlig benommen versucht er, sich aufzurappeln. Aber alles dreht

sich. Er sieht noch, wie sich ein Schatten zu ihm hinabbeugt. Dann wird es um ihn herum schwarz.

Als Alex wieder zu sich kommt, dröhnt es in seinem Kopf. Mühsam schlägt er die Augen auf. Alles ist auf einmal so weiß.

„Was ist passiert? Wo bin ich?“, krächzt er und tastet mit den Händen an seinen Brummschädel. Der steckt unter einem dicken Verband.

„Bleib ruhig!“, ertönt die Stimme seiner Mutter. „Du bist hier im Krankenhaus. Du hast dir in der alten Fabrikhalle den Kopf gestoßen. Du hast eine Gehirnerschütterung.“

Alex dreht den Kopf und sieht seine Eltern neben seinem Bett sitzen. Aber da ist noch jemand im Zimmer. Alex kneift die Augen zusammen.

„Baldric! Was machst du denn hier?“, fragt er verblüfft.

„Baldric ist dein Retter“, sagt Alex' Vater. „Er hat dich in der Fabrikhalle gefunden und den Rettungswagen verständigt.“

„Du?“, staunt Alex ungläubig.

Baldric antwortet: „Ich bin euch zur alten Fabrik gefolgt. Auf einmal sind deine Kumpels weggerannt. Ich wollte dich suchen und habe nach dir gerufen. Dann hat es auf einmal laut gescheppert. Ich hab nachgesehen und da hast du bewusstlos auf dem Boden gelegen. Du bist wohl mit dem Kopf gegen einen Balken geknallt."

Jetzt wird Alex Einiges klar. „Du warst das! Die unheimliche Stimme und der Schatten …" Baldric nickt schüchtern.

„In die alte Fabrik einzusteigen, war schon ein ziemlicher Unfug von euch allen. Aber zum Glück ist es noch einmal gut ausgegangen – dank Baldric", sagt Alex' Mutter und lächelt Baldric an.

„Ähm, danke!", sagt Alex verlegen und fügt dann kleinlaut hinzu: „Du hast mir geholfen, obwohl ich vorher so fies zu dir war. Tut mir leid! Du warst echt supermutig! Ich hätte mich nicht ganz alleine in die alte Fabrik getraut." Baldric grinst.

„Baldric … was ist das eigentlich für ein Name?", fragt Alex.

Baldric wird rot wie eine Tomate. „Baldric kommt aus dem Englischen und bedeutet ‚der Mutige'."

„Das passt ja wie die Faust auf's Auge", kichert Alex.

Papa braucht 'nen Babysitter

Eine Geschichte von Doris Wirth
mit Bildern von Christiane Franke

Es war wieder einmal der letzte Freitag im Monat: Mamas Weiberabend! Alle vier Wochen trifft sie sich nämlich mit ihren Freundinnen bei ihrem Lieblingsitaliener. Dort trinken sie Prosecco und reden stundenlang. Mama meint, sie braucht diese Auszeit dringend, damit sie abschalten kann. Was sie da genau abschaltet, weiß ich leider selbst nicht. Wahrscheinlich ihre Uhr, denn sie kommt immer furchtbar spät zurück.

Am Weiberabend haben wir immer einen Babysitter. Papa ist nämlich bei seinem Fußball-Stammtisch und kann nicht auf uns aufpassen. Ich finde eigentlich, dass wir keinen Babysitter brauchen. Ich gehe schließlich schon in die dritte Klasse und Leni immerhin in die erste. Torben ist zwar erst drei Jahre alt, aber Leni und ich können schon supergut auf ihn aufpassen. Mama findet das leider nicht.

Jedenfalls war dieser Weiberabend anders als die Abende vorher. Der Babysitter hatte abgesagt und Mama wurde schon richtig nervös. Ich hatte ihr bereits viermal vorgeschlagen, dass ich doch den Babysitter machen könnte. Ich würde ihr auch ganz bestimmt einen Freundschaftspreis machen. Aber Mama sagte bloß „Patrick, nur über meine Leiche!“ und blät-

terte weiter ihr Adressbuch nach Babysittern durch.

Schließlich seufzte Papa und sagte, dass er heute seinen Fußball-Stammtisch sausen lassen würde – Mama zuliebe. Erleichtert fiel sie ihm um den Hals, gab uns allen einen Kuss und dampfte ab.

Dann war Papa mit uns allein. Leni, Torben und ich freuten uns riesig. Bei ihm dürfen wir nämlich immer etwas länger aufbleiben und es gibt Tiefkühlpizza.

Kaum war Mama aus der Tür, nahm Papa Torben auf den Rücken und galoppierte ins Wohnzimmer. Dort setzte er ihn vor dem DVD-Regal ab und sagte, er dürfe sich einen Film für später aussuchen.

Dann ging er mit Leni und mir in die Küche. Dort schob er die Pizzen in den Ofen und zeigte uns, wie man auf zwei Fingern pfeift. Wir machten einen riesen Lärm und es war einfach toll!

Doch auf einmal klingelte das Telefon. Papa sagte, wir sollen mal schnell ruhig sein, und ging ran.

Es war die alte Frau Berger. Sie wohnt einen Stock unter uns und kann Kinder nicht leiden. Immer wenn wir mal ein bisschen lauter sind, regt sie sich furchtbar auf und verpetzt uns gleich bei Mama. Mama sagt dann immer, dass wir Rücksicht auf ältere Menschen nehmen sollen.

Papa sagt, dass Frau Berger bloß ihre Nase überall reinsteckt und wir uns nichts von ihr gefallen lassen sollen. Aber das sagt er nur, wenn Mama es nicht hört. Sonst wäre sie sehr sauer auf ihn.

Wahrscheinlich kann Papa Frau Berger auch bloß nicht leiden, weil sie eine gute Freundin von Oma ist. Oma ist Mamas Mama und auf Papa gar nicht gut zu sprechen. Oma hält Papa für einen Macho und für einen frechen Kerl. Und Papa hält Oma für einen alten Hausdrachen. Immer wenn Oma uns besuchen kommt, bleibt Papa länger in der Arbeit oder muss dringend zum Fußball-Stammtisch.

Jedenfalls war Frau Berger am Telefon und regte sich furchtbar über den Lärm in unserer Wohnung auf. Papa hielt den Telefonhörer vom Ohr weg und machte die wütende Frau Berger nach. Wenn sie sauer ist, wackelt sie nämlich immer ganz wild mit dem Kopf. Wir mussten furchtbar lachen.

Dann nahm Papa wieder den Hörer ans Ohr und sagte, es tue ihm furchtbar leid und dass wir ab jetzt

Rücksicht nehmen würden. Frau Berger schimpfte aber weiter.

Nun wurde Papa auch lauter. Es ginge Frau Berger gar nichts an, wenn er mit seinen Kindern hier oben Spaß hätte, und ein bisschen Kinderlachen und Pfeifen hätten noch keinen umgebracht.

Frau Berger schrie ins Telefon, dass es ihr nicht um Kinderlachen, sondern um den lauten Fernseher ginge, und dass sie die Polizei rufen werde.

Papa schrie zurück, dass Frau Berger wohl unter Wahnvorstellungen leide. Bei uns liefe kein Fernseher, vielleicht sei es ja ihr eigener und sie solle uns jetzt gefälligst in Ruhe lassen. Frau Berger sagte noch etwas, aber Papa legte einfach auf.

Doch jetzt, wo Papa nicht mehr brüllte und wir nicht mehr pfiffen, hörten wir es auch: Unser Fernseher lief wirklich in voller Lautstärke.

„Torben!“, stöhnten wir alle drei. Bestimmt hatte er wieder mit der Fernbedienung gespielt.

Papa, Leni und ich rasten aus der Küche in Richtung Wohnzimmer. Papa rannte voraus und knallte mit voller Wucht gegen die Wohnzimmertür.

„Abgeschlossen!“, sagte er ganz verdattert.

„Torben? Bist du da drin?“, rief Leni und versuchte, lauter als der Fernseher zu sein.

„Torben! Hier ist Papa! Mach doch mal die Tür auf! Lass uns rein zu dir.“

„Nööööö!“, krähte Torben fröhlich. Ihm gefiel es richtig gut, dass wir drei wie die Idioten vor der Wohnzimmertür standen. Er dachte gar nicht daran, aufzumachen.

Papa kratzte sich ratlos am Kopf. Dann sagte er zu Leni, sie solle ihm eine Stricknadel aus Mamas Strickkorb holen. Leni sauste davon und kam mit der Nadel wieder. Papa kniete sich vor die Wohnzimmertür und stocherte mit der Nadel im Schloss herum.

Ich war ganz beeindruckt und fragte Papa, ob er mir auch seine Einbrechertricks beibringen könnte.

Doch Papa war stocksauer und sagte, ich solle ihn jetzt damit in Ruhe lassen. Er stocherte weiter mit der Nadel im Schloss herum und schrie immer wieder durch die Wohnzimmertür, dass Torben gefälligst den Fernseher leiser stellen solle, weil er sonst völlig durchdrehen würde.

Papa ist wohl doch kein so guter Einbrecher, denn die Tür ging nicht auf. Er wurde immer genervter. Dann klingelte auch schon wieder das Telefon. Leni

ging ran. Es war Oma. Frau Berger hatte sie angerufen und gepetzt, dass Papa sich wieder wie der letzte Macho aufführe. Nun wollte sie ihn zur Rede stellen.

Leni gab Papa den Hörer. Papa brüllte sofort ins Telefon, dass Oma ihm gerade noch gefehlt habe und dass sie sich gefälligst um ihren eigenen Kram kümmern sollte. Oma keifte anscheinend zurück, aber so genau verstand ich das nicht, weil ja der Fernseher noch lief.

Auf einmal war ein lautes Poltern im Wohnzimmer zu hören. Torben fing an, wie am Spieß zu schreien. Papa erschrak so sehr, dass ihm die Stricknadel im Türschloss abbrach und er den Telefonhörer fallen ließ.

„Torben? Was ist passiert?“, schrie er, doch Torben brüllte nur. Papa wurde schneeweiß im Gesicht, raste aus der Wohnung und unten zur Haustür hinaus. Leni und ich natürlich hinterher.

Er stürmte in den Geräteschuppen und holte eine Gartenleiter heraus. Damit lief er ums Haus herum zu unserem Wohnzimmerbalkon. Er lehnte die Leiter an die Hauswand. Leider war sie etwas zu kurz. Wir wohnen ja schließlich im zweiten Stock. Aber das war Papa in dem Moment egal, denn Torben hörte man sogar hier draußen noch brüllen.

Papa sprang auf die Leiter und kletterte hoch. Von der obersten Leitersprosse aus fehlten aber noch gut zwei Meter bis zu unserem Balkongeländer. Papa versuchte, sich hinaufzuziehen. Die Leiter wackelte und kippte zur Seite weg.

„Papa!“, schrien Leni und ich.

Wie ein nasser Sack baumelte Papa am Balkongeländer. Leni und ich hielten den Atem an, während Papa versuchte, einen Fuß über das Geländer zu schwingen. Beim zweiten Mal schaffte er es. Er zog sich nach oben und klatschte auf den Fliesen unseres Balkons auf.

„Geht's dir gut, Papa?“, rief ich nach oben.

„Alles klar!“, antwortete Papa. „Ja, Torben, ich bin gleich bei dir“, beruhigte er gleichzeitig Torben. Der brüllte nämlich immer noch.

Vor lauter Aufregung war uns gar nicht aufgefallen, dass Rauch um die Hausecke zog. Leni und ich schauten ganz verdutzt, als wir es bemerkten. Wir liefen um die Ecke, um nachzusehen. Oh Schreck! Die Rauchwolken kamen direkt aus unserem Küchenfenster! Die Pizza! Da hörten wir auch schon ein lautes „Tatütata“.

„Papa, es brennt! Die Feuerwehr“, kreischte Leni nach oben und rannte zur Haustür zurück. Ich natürlich hinterher. Wir rasten auf unseren Hof. Dort standen bereits ein riesiges Feuerwehrauto und ein Polizeiauto mit Blaulicht. Wie der Blitz hasteten Leni und ich die Treppen zu unserer Wohnung hinauf.

Vor unserer Tür hielt uns ein Polizist auf: „Ihr könnt da nicht rein! In der Wohnung brennt's!“

„Ja, das ist unsere Pizza!“, heulte Leni.

Plötzlich krachte es drinnen total laut. Der Polizist, Leni und ich schauten uns erschrocken an. Der Polizist drückte die angelehnte Wohnungstür auf. Da sahen wir die Bescherung: Papa lag auf dem Flur, unter ihm unsere Wohnzimmertür. Er hatte sie eingerannt, um sich und Torben aus dem Wohnzimmer zu befreien. Das Rammen muss ganz schön weh getan haben. Papa machte jedenfalls kein fröhliches Gesicht. Dann polterte es auch noch hinter uns. Die Feuerwehrleute stürmten herauf, zusammen mit unserer Oma.

„Gott sei Dank, Kinder! Ihr lebt noch!“, schnaubte Oma und sackte auf unserem Fußabstreifer zusammen.

Zwei Stunden später saßen Papa, Leni, Torben und ich auf unserem Sofa. Leni kühlte die Beule auf Papas Stirn. Torben streichelte vorsichtig seine wehe Schulter und ich pustete auf die vielen kleinen Pflaster an seiner Hand.

Zum Glück war alles nochmal gut gegangen. Die Feuerwehr hatte nichts löschen müssen, sondern nur die verkohlte Pizza aus dem Ofen geholt. Die Polizisten waren wegen Frau Berger angerückt. Die alte Petze hatte uns wegen Lärmbelästigung bei der Polizei angeschwärzt. Oma hatten wir völlig am Telefon vergessen. Sie hatte sich furchtbare Sorgen gemacht und war deshalb zu uns geradelt. Auch Torben war nichts passiert. Er hatte nur so geschrien, weil er eine Vase umgeschmissen hatte.

Papa hatte schnell wieder alles im Griff. Er hatte sich bei der Feuerwehr bedankt, den Polizisten alles erklärt und Oma wieder nach Hause geschickt. Jetzt lag er aber völlig fertig da und ließ sich von Torben mit Schokolade füttern.

Auf einmal hörten wir einen Schlüssel im Schloss und Mamas Stimme im Flur: „Was ist denn hier passiert?“

„Jetzt hat sie die kaputte Wohnzimmertür gesehen!“, flüsterte Papa. Schon streckte Mama den Kopf zur Tür herein.

„Geht's euch gut? Lebt ihr noch?“, fragte sie und schaute ganz ängstlich auf unseren kaputten Papa.

Mama war ganz schön blass, nachdem wir ihr alles erzählt hatten.

„Hätten wir doch bloß einen Babysitter genommen!“, stöhnte sie.

„Beim nächsten Mal machen wir das“, meinte Leni. „Der Babysitter kann auf Papa aufpassen. Dann passiert ihm bestimmt nichts mehr.“

Impressum

Herausgeber:
Kinderleicht Wissen Verlag GmbH & Co. KG
93059 Regensburg
www.bennyblu.de

Konzeption Layout/Satz:
Kinderleicht Wissen Verlag GmbH & Co. KG

Illustration Leitfigur Benny Blu älter:
Gregor Schöner

Umschlagillustration:
Christoph Clasen

Druck:
Himmer AG, Augsburg

ISBN 978-3-86751-193-3